POËME

SUR LE DÉBARQUEMENT

DE

SA MAJESTÉ LOUIS XVIII

A CALAIS, LE 24 AVRIL 1814.

SE TROUVE AUSSI ,

A Paris , chez PICHARD , Libraire , quai Conti , n°. 5 ;

A Calais , chez

A Arras , chez

Au Havre , chez CHAPELLE , Libraire , rue de Paris ;

A Dieppe , chez

POËME

SUR LE DÉBARQUEMENT

DE

SA MAJESTÉ LOUIS XVIII

A CALAIS, LE 24 AVRIL 1814,

Par M. L.-T. BONVOISIN,
Professeur dans le Pensionnat de M. l'abbé MANOURY,
à Raffetot près Bolbec.

SUJET PROPOSÉ, EN 1821, PAR LA SOCIÉTÉ ROYALE D'ARRAS.

Cet ouvrage a obtenu une mention honorable en 1822.

Hæc est dies quam fecit Dominus.

A ROUEN,

Chez RENAULT, Libraire, rue Ganterie, n°. 26.

1822.

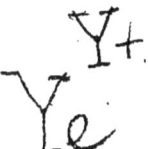

POËME

SUR LE DÉBARQUEMENT

DE

SA MAJESTÉ LOUIS XVIII.

A CALAIS, LE 24 AVRIL 1814.

Au tombeau de d'Enghien, la France prosternée,
Sur l'urne d'un Bourbon saintement inclinée,
Dans un pieux silence étouffait ses sanglots,
Et pressait sur son cœur la cendre du héros :
Soudain, levant au ciel ses yeux baignés de larmes,
Elle exhale en ces mots ses touchantes alarmes :
« Des fils de Saint Louis immortel protecteur,
« Dieu puissant, mets un terme à ma longue douleur !
« Trop long-temps le fléau qu'envoya ta colère
« Sur le trône des lis a fait trembler la terre ;
« Cet obscur étranger, sous la pourpre des Rois,
« De son ambition n'écoute que la voix ;
« En vain ses légions de leurs mains triomphantes
« Cachant sous des lauriers mes blessures sanglantes,
« Séduites par les noms d'honneur, de liberté,
« Ont conquis par la mort leur immortalité ;
« De mes cités en deuil implorant ta justice
« Entends-tu s'élever la voix accusatrice ?
« Tonne, Dieu de Clovis, et punis ses forfaits ;
« Renverse le despote ennemi des Français,

« Arrache à ce tyran l'auguste diadême ,
» Sur le front de Louis replace le toi-même ,
« Ah ! rends nous les Bourbons ; nous nous écrions tous :
« Frère du Roi martyr , viens régner parmi nous. »
　Elle se tait , soupire , et pâle , désolée ,
Retombe gémissante au pied du mausolée.
Tout-à-coup le ciel s'ouvre ; un sillon radieux
Frappe d'un saint éclat le monument pieux
Et jette dans son ame une terreur secrette ;
D'Enghien a tressailli sous la pierre muette ;
Au milieu des cyprès un lis mystérieux
Répand près du tombeau son parfum précieux ;
O présage divin ! de la nue éclatante
Sort une voix céleste au loin retentissante :
« France , sèche tes pleurs , l'héritier de tes Rois
« Va reprendre le sceptre et ressaisir ses droits. »
　Le bronze des combats , messager d'alégresse ,
A déjà du Seigneur confirmé la promesse.
Par cent bouches d'airain animés tour-à-tour ,
Les échos ont redit le signal du retour ,
Et des bords d'Albion aux rives de la France
La foudre pacifique apporte l'espérance.
Calais , à ce signal , répond avec ardeur ;
Les airs ont retenti des accents du bonheur ;
Soudain un peuple immense inonde le rivage ;
La foule ivre d'amour s'élançant vers la plage ,
L'œil fixé sur la mer , accourt de toutes parts.
Quel spectacle enchanteur captive ses regards !
On voit à l'horizon une escadre brillante
Qui vole sur le sein de la plaine écumante ;
Secondés par les vents , les flots respectueux
Sous ce noble fardeau roulent majestueux.
Mais quelle est cette nef plus richement parée ,

Qui comme un cygne altier fend la plage azurée ?
De ses ailes de lin l'éclatante blancheur ,
Sa bannière sans tache , emblême de l'honneur ,
Ces palmes , ces festons , ces fleurs de la patrie ,
Des lis de nos Bourbons l'image si chérie ,
Ces flancs d'or rayonnant à nos yeux éblouis ,
Tout décèle de loin le vaisseau de LOUIS ,
Qui porte les destins et l'amour de la France.
A mille cris succède un éloquent silence ;
Chacun cherche le Roi , chacun rempli d'ardeur
De le voir le premier espère le bonheur ;
Mais comment reconnaître une tête si chère ?
Il est environné de princes qu'on révère ;
Près de lui sont rangés ses loyaux serviteurs :
Un embarras touchant règne dans tous les cœurs ,
L'œil hésite en son choix trompé par la distance.
LOUIS a deviné leur vive impatience :
Seul au milieu des siens dont il est entouré ,
Il découvre à l'instant ce front noble et sacré ,
Où brille en ce beau jour une douce alégresse ,
Met la main sur son cœur palpitant de tendresse ,
Et levant vers le ciel ses yeux reconnaissants ,
Saintement recueilli , par de pieux accents ,
Il adresse ses vœux à cet Etre suprême
Dont la clémence enfin lui rend le diadême.
Le salpêtre s'embrâse et le bronze aux cent voix
Salue avec orgueil l'héritier de nos Rois.
LOUIS contemple alors d'un auguste visage ,
La foule qui s'empresse et couvre le rivage ;
Il fixe sur Calais ses regards attendris ,
Et de loin tend les bras à ses enfants chéris.
Soudain chacun s'écrie : « ô jour trois fois prospère !
« C'est lui , c'est notre Roi , notre ami , notre père ! »

Les instruments guerriers répètent tour-à-tour
Les chants de la patrie et les chants de l'amour ;
Enfin le port jaloux voit combler son attente ,
Et reçoit dans son sein la nef impatiente ;
Louis descend, il touche aux rives de Calais ,
Et de son pied sacré foule le sol français.
A peine a-t-il revu cette terre si chère ,
Des larmes de plaisir coulent de sa paupière ,
L'air au loin retentit de ces accents si doux :
« Louis le Désiré vient au milieu de nous ! »
Par un commun transport, Albion et la France
Du Monarque chéri célèbrent la présence ,
Il paraît sur nos bords comme un ange de paix,
Et deux peuples unis sont ses premiers bienfaits !
Sur les fronts rayonnants l'alégresse pétille ;
On voit à ses côtés son illustre famille ,
Et Bourbon et Condé , ces princes glorieux ,
Héritiers des vertus de leurs nobles aïeux :
Pour contempler leurs traits on s'agite, on se presse.
    Heureuse au milieu d'eux, une auguste princesse
Captivant tous les cœurs près d'elle réunis ,
Brille comme une rose en un bouquet de lis.
Fille du Roi martyr , ton ame magnanime
Offrant dans l'infortune un modèle sublime ,
Invoquait le Seigneur au pied des saints autels ,
Et charmait de Louis les soucis paternels ;
On admire à l'envi ta pieuse constance.
Ah ! quels touchants transports excite ta présence !
Pour prix de tes vertus le ciel comble tes vœux ,
Après les jours d'exil goûte des jours heureux.
Vois-tu venir vers toi ces vierges empressées ?
Un tendre sentiment occupe leurs pensées ;
Leur innocente main vient t'offrir pour présent

Cette fleur qui du trône est le noble ornement ;
O fille des Bourbons , reçois ce digne hommage ;
Le lis de ta candeur est la fidèle image ,
Le lis du bon LOUIS annonce le retour ,
C'est de tous les tributs le plus cher en ce jour.
Mais déjà tu souris , ta voix reconnaissante
Joint au plus doux accueil une grâce touchante ,
Tu couronnes les vœux d'un cortége enchanteur ,
Les lis que tu reçois sont placés sur ton cœur.

  Près de LOUIS s'avance un vieillard vénérable ;
C'est de cette cité le pasteur respectable ,
Qui dans un long exil garda comme son Roi ,
Sur des bords étrangers les vertus et la foi.
J'aperçois sur ses pas tout le clergé fidèle ,
Dont il est à la fois le chef et le modèle ;
Le Monarque pieux est saisi de respect ;
Il s'arrête , il s'émeut , et croit à son aspect
Voir la Religion , cette mère chérie ,
Qui vient le recevoir au seuil de la patrie !
« Saint pasteur , lui dit-il , après plus de vingt ans ,
« Le ciel dans sa bonté me rend à mes enfants ;
« Aux Français en ce jour je dois donner l'exemple ;
« Pour rendre grâce à Dieu , marchons tous vers le temple ».

  Il dit , et tous les cœurs répètent ses accents.
Devant le char royal les coursiers hennissants ,
Superbes , le front haut et l'oreille attentive ,
Appellent le départ ; mais je vois sur la rive
Les Calaisiens jaloux environner le Roi ,
A ces fiers animaux disputer leur emploi ,
Et montrant leur amour par une noble audace ,
Dételer leurs rivaux et voler à leur place.

  Rome , ne vante plus ces jours de ta grandeur ,
Ces triomphes pompeux où le cruel vainqueur

Etalant aux regards une gloire frivole ,
Invoquait les faux Dieux gardiens du capitole.
Des Rois chargés de fers , spectacle déchirant !
Précédaient , l'œil en pleurs , le char du conquérant !
Ton triomphe , ô LOUIS , nous offre d'autres charmes ;
Le bonheur de te voir fait seul couler nos larmes ;
Rayonnants de gaîté , tes sujets pleins d'ardeur ,
Attelés à ton char , sont fiers de cet honneur ;
Et ces heureux captifs , esclaves volontaires ,
Entraînent dans leurs murs le plus tendre des pères ,
Tandis qu'un peuple entier bénissant ton retour ,
Au temple du vrai Dieu te suit avec amour.
Pour toi le doux printemps prodiguant sa verdure ,
A semé sous tes pas sa plus riche parure ;
Les chemins émaillés offrent mille couleurs ;
Le pavé disparaît sous un voile de fleurs.

Sion , chante au Seigneur tes hymnes solemnelles ,
Le temple vient d'ouvrir ses portes éternelles ,
Voici le jour de gloire ; au nom du Dieu vivant
Le fils de Saint Louis est entré triomphant.
Des grâces du Seigneur publions les merveilles ,
Tout enchante à l'envi les yeux et les oreilles.
Un monarque à genoux prosterné sous la croix ,
Courbant un humble front devant le Roi des Rois ;
Les Vierges invoquant à l'autel de Marie
Dans la mère de Dieu celle de la patrie ;
Les cantiques sacrés en chœurs mélodieux
Avec un encens pur s'élevant vers les cieux ;
Du tabernacle saint la pompe éblouissante ;
L'orgue majestueux d'une voix imposante
Frappant la voûte antique ; un prêtre en cheveux blancs
Seul debout au milieu de ses nombreux enfants ,
Bénissant tout un peuple et les princes qu'il aime ;

Tout élève les cœurs au trône de Dieu même.
Louis est pénétré d'une sainte ferveur,
Et s'éloigne à regret du temple du Seigneur.
Sur les pas du bon Roi bientôt chacun s'élance;
Les heureux Calaisiens qu'enchante sa présence ;
Au son des instruments mariant leurs accords,
Font retentir les airs de leurs joyeux transports.

« Salut , jour de bonheur, de gloire et d'espérance,
« Qui rends un père au peuple , un Monarque à la France !
« Dieu n'est plus irrité ; l'exil cesse à sa voix ,
« Le prince légitime est rentré dans ses droits.
« L'Éternel nous accorde un règne tutélaire ,
« Il remet à Louis le sceptre héréditaire ;
« Volez , hymnes d'amour , en sons harmonieux ,
« Et portez nos accents jusqu'au trône des cieux.

« O Monarque adoré , notre ville fidèle
« Recouvre à ton retour tout son antique zèle ;
« Calais avec orgueil peut montrer ses remparts,
« Et méritait l'honneur de tes premiers regards ;
« Notre amour pour nos Rois est gravé dans l'histoire ;
« Des héros de Calais qui ne connaît la gloire !
« Volez , hymnes d'amour , en sons harmonieux,
« Et portez nos accents jusqu'au trône des cieux.

« Du bonheur des Français deviens heureuse et fière,
« Magnanime Albion; ta rive hospitalière
« Accueillit de la foi les nobles défenseurs ;
« Des vertus dans l'exil ta main sécha les pleurs ;
« Tu fus de nos Bourbons la seconde patrie ;
« Tu nous rends de nos Rois la famille chérie :
« Volez , hymnes d'amour , en sons harmonieux ,
« Et portez nos accents jusqu'au trône des cieux. »

Ainsi chantait le peuple en son joyeux délire,
Heureux de voir son Roi l'honorer d'un sourire.

Enfin le char s'arrête au portes du palais
Que doit un bon Monarque illustrer à jamais,
Et du Louvre modeste où le prince s'avance
La foule avec respect se retire en silence.
Fidèles magistrats, gardiens sacrés des lois,
Et vous nobles guerriers, vieillis dans les exploits,
Entrez ; ne craignez pas de fatiguer un père ;
Il ne songe qu'à vous dans un jour si prospère,
Il vient voir ses enfants, il vient finir leurs maux,
Il cherche leur bonheur et non pas le repos.
L'amour donne à vos cœurs une voix éloquente,
L'amour dicte à Louis sa réponse touchante :
« Ce jour m'a rappelé Philippe de Valois ;
« Calais depuis son règne aima toujours ses Rois ;
« Qu'il m'est doux de revoir un peuple si fidèle !
« Dites lui qu'à mon tour je compte sur son zèle,
« Comme il peut en tout temps compter sur mes bienfaits. »
    Cependant, réunis près des murs du palais,
Mille jeux variés qu'enfante l'alégresse,
Signalent tour-à-tour et la force et l'adresse.
Les rangs sont confondus, et du plus beau des jours
A l'envi chacun cherche à prolonger le cours.
O nuit, n'approche pas, porte plus loin ton ombre,
Pour des jours moins heureux garde ton voile sombre...
Les ténèbres ont fui ; des globes radieux
Par un nouvel éclat ont étonné les cieux ;
Les toits sont rayonnants d'une vive lumière,
Dans des flots de clarté brille la ville entière ;
Le sommeil veut en vain épancher ses pavots,
Calais veille, et Louis jouit seul du repos.
Sur tous les fronts éclate une gaîté sincère ;
Cette famille attend le réveil de son père,
De ses premiers regards chacun brigue l'honneur ;

Il se montre... Ah ! pour lui quel moment enchanteur !
LOUIS voit ses enfants , qu'un même amour rassemble ,
Par les plus vifs transports le bénir tous ensemble ;
Il leur sourit à tous, et son cœur généreux
Veut commencer le jour par faire des heureux.
Que de vœux exaucés dans la royale enceinte !
Ici de l'infortune il accueille la plainte ,
Il promet des bienfaits et dès qu'il a parlé
Celui qui gémissait retourne consolé.
Les Mentors si connus sous le doux nom de Frères ,
De la Doctrine sainte heureux dépositaires,
Qui sèment avec fruit dans plus d'un jeune cœur
Le germe de la foi , les vertus et l'honneur,
Admis avec bonté présentent leur hommage ;
« Que le ciel, dit LOUIS , bénissant votre ouvrage
« Seconde vos efforts, et vos pieux succès
« Faisant de bons Chrétiens , feront de bons Français. »
    O Calais, tu chéris ce Roi qui sans couronne
Déjà dans tous les cœurs a su trouver un trône !
Par deux jours de bonheur, de bienfaits et d'amour
Tu l'as vu dans tes murs illustrer son séjour ;
Mais la grande famille exige sa présence ;
Il va se dérober à ta reconnaissance ,
Lutèce est ta rivale, et fière de ses droits ,
Elle appelle LOUIS au palais de nos Rois.
O vous premiers témoins de sa tendresse extrême ,
Ecoutez les adieux d'un père qui vous aime :
« Ah ! pourrais-je oublier la ville de Calais ?
« N'est-ce pas sur ses bords que mes yeux satisfaits,
« Pour la première fois , après vingt ans d'alarmes,
« Ont enfin du bonheur versé les douces larmes ? »
    Il dit , le char s'éloigne , et le peuple attendri
Bénit avec transport l'héritier de Henri :

« O Prince bien-aimé, dans ton heureux voyage
« Tu verras tous les cœurs voler sur ton passage ;
« Tu verras tes enfants célébrant ton retour,
« Nous surpasser en nombre et non pas en amour.
« Anges, du haut des cieux veillez sur notre père,
« Préparez pour Louis le trône héréditaire ;
« Que l'heureux ascendant de ses nobles vertus
« Désarme sans combat ses ennemis vaincus.
« O reine des cités, réjouis-toi, Lutèce ;
« Louvre majestueux, tressaille d'alégresse ;
« Le ciel nous a rendu le Roi que nous aimons ;
« Français, semez de lis les traces des Bourbons. »
Après un long adieu revenant en silence,
Ils parcourent les lieux qu'honora sa présence ;
Un pieux sentiment les conduit vers ces bords
Dont les bruyants échos redisaient leurs transports,
Quand Louis apparut sur le liquide abyme.
Chacun d'eux croit revoir ce prince magnanime ;
Le plus doux souvenir console leur douleur ;
Tout rappelle Louis, ici tout parle au cœur.
Ces fleurs hier encor brillaient sur son passage.
Voici son premier pas empreint sur le rivage,
On admire à l'envi le sol reconnaissant ;
J'entends ce vœu sublime au loin retentissant :
« Que le bronze illustrant cette place sacrée
« Montre du pied royal la trace révérée ;
« Que non loin de ces bords immortels à jamais,
« S'élève un monument cher à tous les Français ;
« Et qu'un marbre imposant, d'une simple structure,
« Atteste notre zèle à la race future.
« Qu'on lise en lettres d'or, ce jour, cet heureux jour
« Où le ciel rend enfin Louis à notre amour ;
« Et nos derniers neveux rediront d'âge en âge :

« C'est ici que Louis après vingt ans d'orage,
« Ramené par Dieu même au sein de ses enfants,
« Toucha le sol natal de ses pieds triomphants ! »
    Des derniers feux du jour pâlissait la lumière ;
Déjà sonne du soir l'angélique prière ;
Et de l'airain sacré l'accent religieux
Appelle les chrétiens à leur devoir pieux.
Chacun plein de Louis s'élance du rivage
Vers le temple témoin de son premier hommage.
Au pied des saints autels le pasteur prosterné,
Baissait un humble front sur la terre incliné ;
Au départ du bon Roi, tandis qu'un peuple avide
Le suivait de ses yeux dans son char trop rapide,
Lui seul n'a point quitté la maison du Seigneur,
Et priait pour celui qu'il porte dans son cœur.
La foule recueillie, en deux rangs partagée,
S'agenouille en silence autour de lui rangée ;
Rempli de l'esprit saint, ce ministre sacré
Se lève tout-à-coup, et d'un air inspiré :
« O mes enfants, dit-il, j'ai cru voir dans la nue
« Le père des Bourbons qui s'offrait à ma vue ;
« Il jetait sur vous tous des regards attendris ;
« J'entends encor sa voix des célestes pourpris :
    « Peuple heureux, tu jouis, affranchi de tes chaînes,
« De voir dans un bon Roi le terme de tes peines.
« Apprends qu'un jour, trahi par des enfants ingrats,
« Loin du trône des lis il portera ses pas.
« O combien son exil attristera la France !
« Tu chantes le retour, tu pleureras l'absence.
« Le fils de l'étrangère usurpant tous ses droits,
« Proscrira de nouveau le pur sang de tes Rois ;
« Mais sur lui le Très-Haut lancera son tonnerre ;
« Le tyran tombera de son trône éphémère ;

« Je vois le roc désert où, banni des humains,

« L'ennemi des Bourbons finira ses destins.

« Louis ressaisira le sceptre légitime ;

« Le règne des vertus fera pâlir le crime......

« Quel est ce fer athée !.... O douleur ! O Berry !

« Tu vécus et tu meurs comme un autre Henri !

« Mais l'Éternel confond les projets de l'impie,

« Et du sein de la mort il fait jaillir la vie !

« Je vois un jeune lis, enfant miraculeux,

« Qui vient sécher les pleurs et combler tous les vœux.

« J'apparaîtrai moi-même à sa mère héroïque ;

« Envoyé par le ciel, un songe prophétique

« Lui montrera ce fils reposant au berceau,

« Couvert avec sa sœur de mon royal manteau ;

« Henri sera son nom : pour le bonheur du monde,

« Long-temps il régnera dans une paix profonde ;

« Et des lis immortels les nombreux rejetons

« Ombrageront par le trône des Bourbons ! »

Rouen. F. BAUDRY, Imprimeur du Roi. (1822.)

www.ingramcontent.com/pod-product-compliance
Lightning Source LLC
Chambersburg PA
CBHW061450170626
46811CB00005B/2442